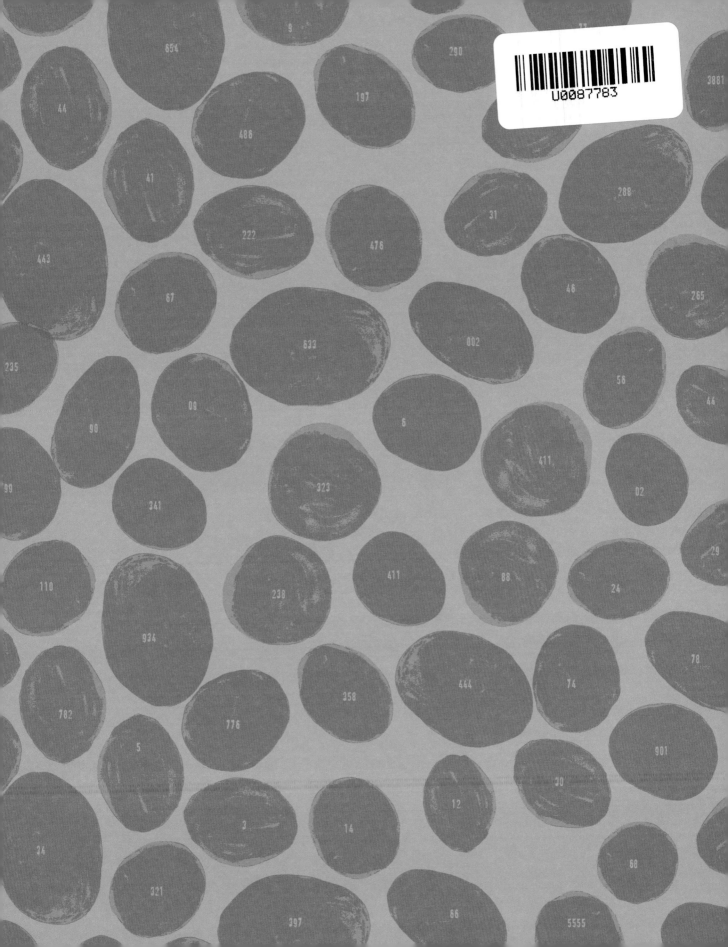

我們家附近有一座小島。
它不大，也沒有名字。

從前，島上有樹林……

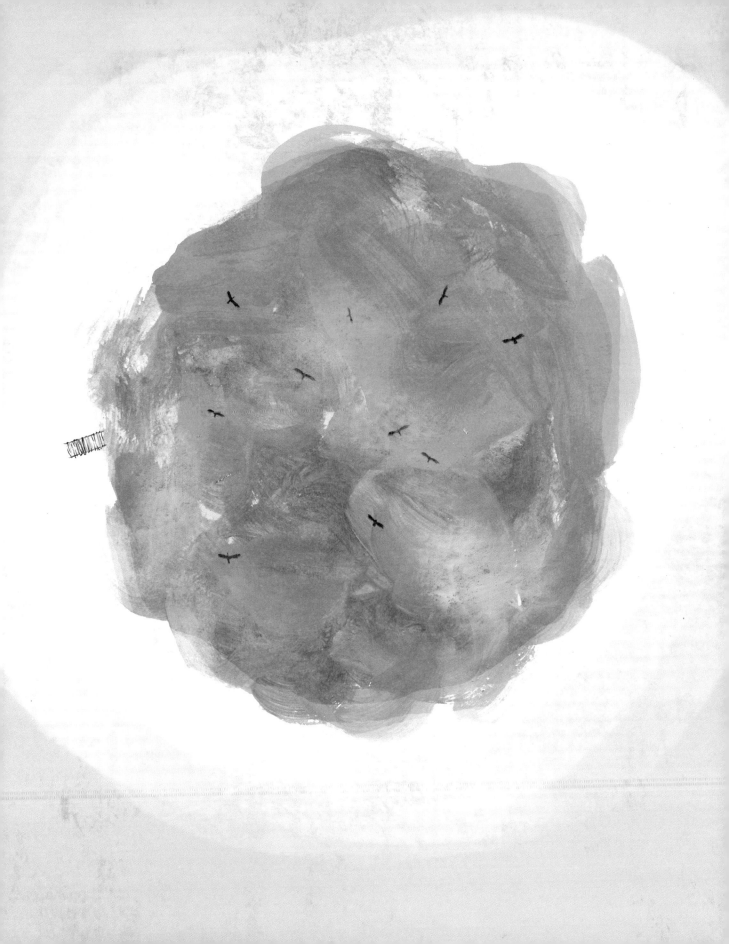

還有許多鳥。

ⓒ一座小島　　　　　　　　　　　　　　　　　　　　　2020年3月初版一刷

文／尹格麗‧賈培特　圖／勞爾‧谷瑞迪　譯者／李家蘭　責任編輯／蔡智蕾　美術編輯／杜庭宜　出版者／三民書局股份有限公司
發行人／劉振強　地址／臺北市復興北路386號（復北門市）　臺北市重慶南路一段61號（重南門市）　電話／(02)25006600
網址／三民網路書店 https://www.sanmin.com.tw　書籍編號：S859071　ISBN：978-957-14-6728-3
※著作權所有，侵害必究。　※本書如有缺頁、破損或裝訂錯誤，請寄回敝局更換。

致　卡洛勒與加布列。
——尹格麗‧賈培特

致　經常與所有的谷瑞迪們
一起遨遊世界的維羅妮科。
——勞爾‧谷瑞迪

一座小島

尹格麗·賈培特／文

勞爾·谷瑞迪／圖

李家蘭／譯

三民書局

我們要搭船才能抵達小島。

那艘船只容得下兩個人，
因為那個「多餘的東西」占了太大的空間。

前往小島的途中，大家都保持沉默。

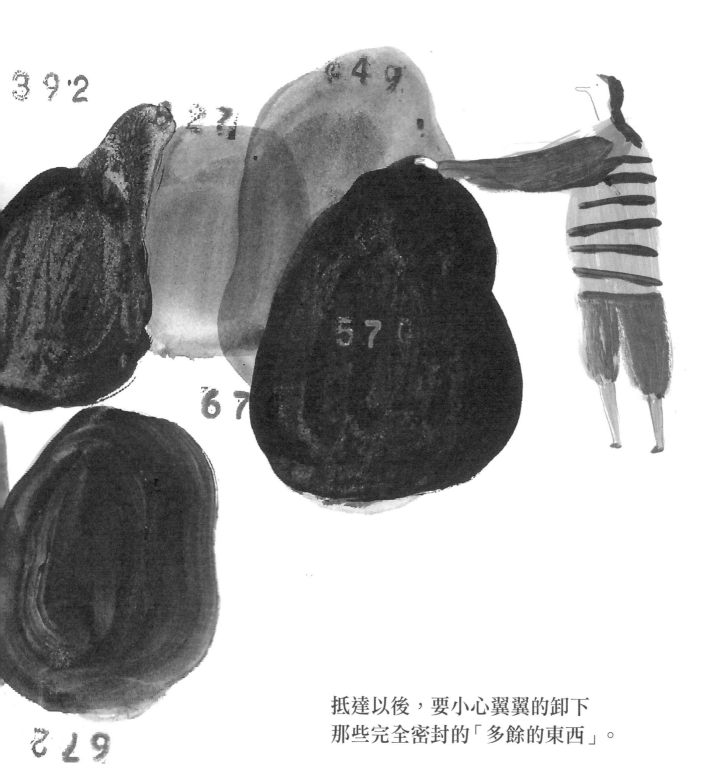

抵達以後，要小心翼翼的卸下
那些完全密封的「多餘的東西」。

島上堆積了很多「多餘的東西」，而且越來越多。
或許已經超過小島能夠承受的數量。

實在令人感到難過⋯⋯

直到有一天，小島再也承受不了。

我們試著控制那些「多餘的東西」。

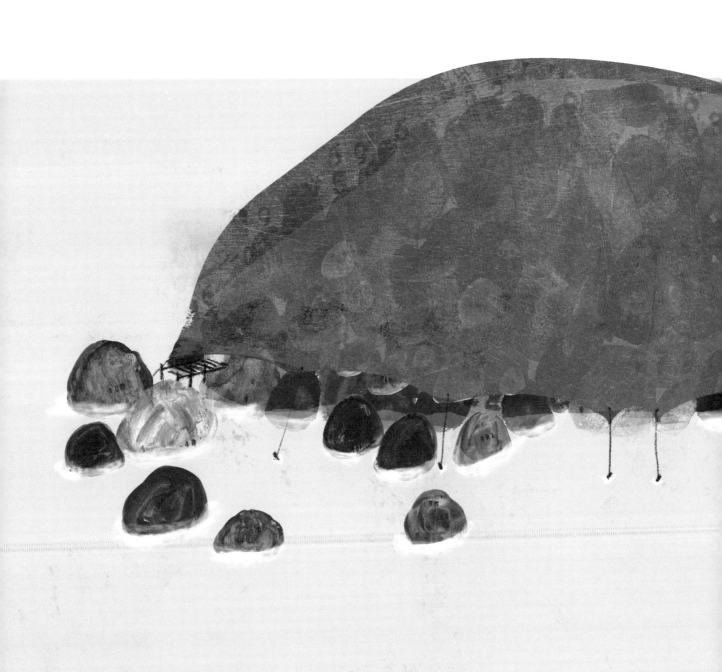

但是不論做什麼，都沒有效果。

沒有任何辦法。

直到有人終於明白……

有一件真正應該做的事，

於是大家都加入行動。

唯有如此，小島才會原諒我們。

唯有如此，小鳥才會回來。

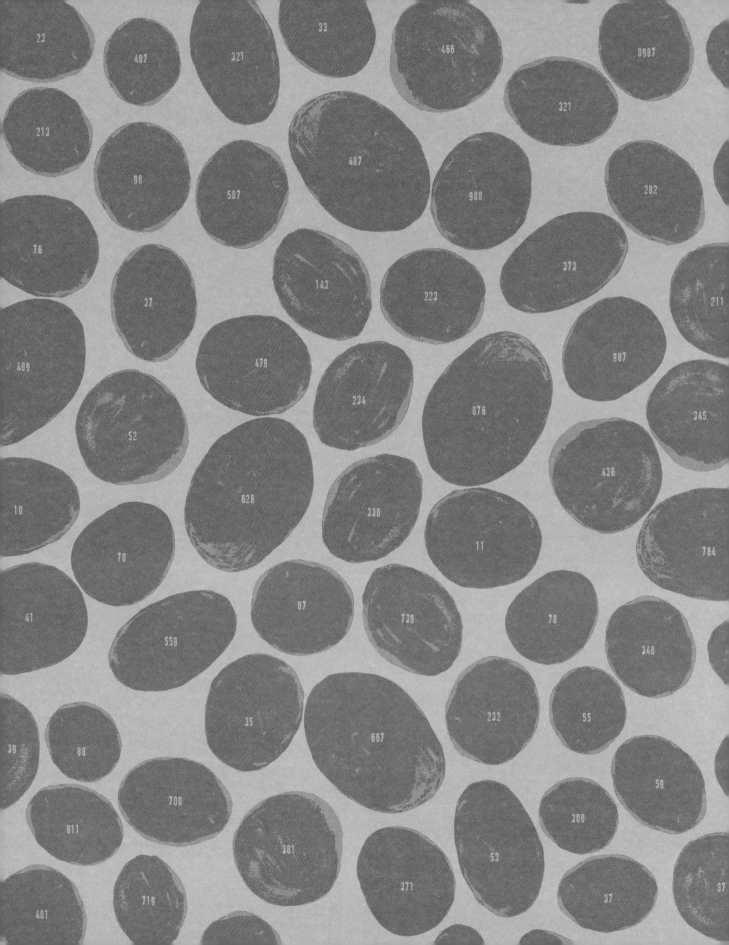